VENTE DU MERCREDI 4 MARS 1891

HOTEL DROUOT, SALLE N° 8

ANCIENNES
PORCELAINES DE CHINE

OBJETS VARIÉS

Orientaux et Européens

TAPIS

EXPOSITION PUBLIQUE

LE MARDI 3 MARS 1891

De 1 heure à 5 heures 1|2

Mᵉ P. CHEVALLIER
COMMISSAIRE-PRISEUR
10, rue de la Grange-Batelière, 10

M. CH. MANNHEIM
EXPERT
7, rue Saint-Georges, 7.

IMPRIMERIE DE L'ART.

CATALOGUE

DES

ANCIENNES PORCELAINES

DE CHINE

OBJETS VARIÉS

ORIENTAUX ET EUROPÉENS

TAPIS

DONT LA VENTE AURA LIEU

HOTEL DROUOT, SALLE N° 8

Le Mercredi 4 Mars 1891

à 2 heures

Mᵉ Paul CHEVALLIER	M. Charles MANNHEIM
COMMISSAIRE-PRISEUR	EXPERT
10, rue de la Grange-Batelière, 10	7, rue Saint-Georges, 7

EXPOSITION PUBLIQUE

Le Mardi 3 Mars 1891, de 1 heure à 5 heures 1/2

CONDITIONS DE LA VENTE

La vente sera faite au comptant.

Les Acquéreurs paieront, en sus des adjudications, *cinq pour cent* applicables aux frais.

L'Exposition mettant le public à même de se rendre compte de l'état des objets, il ne sera admis aucune réclamation une fois l'adjudication prononcée.

Paris. — Imprimerie de l'Art, E. MÉNARD ET Cⁱᵉ, 41, rue de la Victoire.

DÉSIGNATION DES OBJETS

PORCELAINES DE CHINE

1 — Petit écran de forme contournée en bois dur sculpté à feuillages et dragons; il est orné de plaques de jade ajouré et de disques en vieux Chine, famille rose, à personnages.

2 — Vase-lancelle en vieux Chine, famille rose : femmes et enfants. Socle en bois.

3 — Vase à panse ovoïde et col très évasé en vieux Chine, famille rose : fleurs et insectes. Socle en bois.

4 — Vase à panse cylindro-conique en vieux Chine, famille rose : les Huit Immortels.

5 — Plaque rectangulaire en vieux Chine, famille rose : un Concert.

6 — Grand vase cylindro-conique à col évasé en vieux craquelé : vases de fleurs sur fond jaunâtre. Socle en bois.

7 — Grande bouteille en porcelaine de Chine : animaux sur fond rose. Socle en bois.

8 — Deux petits tabourets de jardin en vieux Chine : zone

à décor bleu avec lambrequins à la partie supérieure et inférieure.

9 — Service à gâteaux en vieux Chine, famille verte, composé de treize pièces de diverses formes et grandeurs : décor de personnages sur les deux faces.

10 — Deux assiettes en vieux Chine, famille rose : personnages.

11 — Grand plat en vieux Chine, famille rose : fleurs sur fond vert pâle.

12 — Plaque rectangulaire en vieux Chine, famille rose : fong-hoang sur des branches fleuries.

13 — Soucoupe en vieux Chine, famille verte : fleurs sur fond vert.

14 — Deux compotiers en vieux Chine, famille rose : personnages. Époque de Kien-Long.

15 — Deux pièces en vieux Chine : soucoupe à personnages, et compotier émaillé lie de vin.

16 — Service à sucreries composé de dix-neuf plateaux en porcelaine de Chine à fond vert.

17 — Deux compotiers en vieux Chine, à décor de poissons sur fond vert. Nien-hao de Kang-Shi.

18-19 — Quatre assiettes en vieux Chine, décor d'attributs.

20 — Assiette en vieux Chine, famille rose : fleurs.

21 — Deux assiettes en vieux Chine : paysage sur fond jaunâtre.

22 — Cinq petits vases en porcelaine de Chine émaillés vert et en couleurs.

23 — Statuette de Hozang assis, en vieux Chine, émaillée au naturel.

24 — Bouteille en céladon turquoise truité de la Chine : décor gravé de dragons.

25 — Vase quadrilatéral en vieux Chine, famille verte : personnages.

26 — Deux bols en vieux Chine, famille verte : branches fleuries.

27 — Vase cylindrique légèrement renflé en vieux Chine, famille rose : personnages.

28 — Vase cylindrique légèrement renflé en vieux Chine : fleurs en dorure sur fond bleu.

29 — Petit vase cylindro-conique en porcelaine de Chine, à décor de paysages animés, burgautés sur fond noir.

30 — Deux bols en porcelaine de Chine émaillée à l'imitation du bois.

31 — Petit vase quadrilatéral en porcelaine de Chine : paysage, en bleu et vert.

32 — Bol en vieux Chine, famille verte, période des Ming : dragons en rouge sur fond vert.

33 — Porte-bouquet en forme d'éventail, en vieux Chine, famille verte : fleurs.

34 — Vase piriforme à goulot étroit en vieux Chine, décor gravé de chrysanthèmes et feuillages vert et jaune sur fond gros bleu.

35 — Vase ovoïde à goulot étroit, en vieux Chine : fleurs de pêcher et lambrequins en rouge lie de vin.

36 — Tabouret de pied en vieux Chine, famille verte : pagode et cigognes.

37 — Tabouret de pied analogue au précédent : chrysanthèmes.

38 — Boîte oblongue à onguents en vieux Chine, famille verte : dragons. Couvercle en bois.

39 — Deux pitongs cylindriques ajourés en porcelaine de Chine, formés de tiges de bambou, émaillés brun et turquoise.

40 — Vase ovoïde en vieux Chine, famille rose : branchages et chauve-souris sur fond vert clair.

41 — Vase à panse piriforme et col évasé, en porcelaine de Chine : personnages sur fond rouge.

42 — Bassin en vieux Chine, famille rose : fleurs et oiseaux.

43 — Support hexagone en vieux Chine, famille rose : fleurs.

44 — Compotier en vieux Chine, famille verte : chien de Fô.

45 — Deux soucoupes en vieux Chine, famille verte, période des Ming : personnage.

46 — Soucoupe analogue aux précédentes.

47 — Petite potiche turbinée non couverte, en porcelaine de Chine émaillée sang de bœuf.

48 — Deux petites bouteilles en céladon turquoise truité de de la Chine.

49 — Compotier en vieux Chine, famille verte, période des Ming, décor gravé : vase de fleurs sur fond vert.

50 — Deux petits bols couverts en vieux Chine, à décor de fong-hoangs et dragons en rouge de cuivre.

51 — Garniture de trois vases-appliques en vieux Chine, famille rose : paysages en réserve sur fond chair de poule bleu clair.

52 — Deux bols en porcelaine de Chine, décor de paysages à l'extérieur.

53 — Bol en vieux Chine, famille verte, à bordure ajourée, décor d'entrelacs.

54 — Petit vase cylindro-conique en vieux Chine, famille rose, à couverte flambée rose, bleu, jaune, vert et blanc.

55 — Petit vase à panse ovoïde en vieux Chine : personnage et cerf.

56 — Petite gourde à double renflement en porcelaine de Chine : fruits en relief sur fond bleu.

57 — Cinq pièces : quatre soucoupes en porcelaine de Chine, décor bleu, et tasse lobée émaillée bleu.

58 — Trois petits pitongs, l'un carré, en ancienne porcelaine blanche ajourée de la Chine ; les autres cylindriques, à décor de chiens de Fô en couleurs et relief.

59 — Petit pot de toilette couvert en vieux Chine, période des Ming : dragons.

60 — Petite boîte oblongue en porcelaine de Chine : paysages.

61 — Deux pièces en porcelaine de Chine : tasse à décors d'attributs et petit pitong lobé.

62 — Cinq petites bouteilles en porcelaine de Chine, émaillées vert, rose et brun.

63 — Petite jardinière quadrilatérale en porcelaine de Chine, émaillée vert.

64-65 — Sept pièces en ancienne porcelaine de la Compagnie des Indes : un plat et six assiettes à décor de fleurs.

66 — Deux vases cylindro-coniques, en porcelaine de Chine : fleurs et éventails.

67 — Grand bol en porcelaine du Japon, à décor bleu.

68 — Deux grands plats en porcelaine du Japon, en bleu, rouge et or, à fleurs et oiseaux.

69 — Plat creux en porcelaine du Japon, à décor bleu : rochers et fleurs.

70 — Assiette en porcelaine du Japon : marli ajouré et décor bleu de branches fleuries.

71 — Buire en porcelaine du Japon : décor bleu.

72 — Deux pièces : compotier en porcelaine du Japon : décor gravé sous couverte, et petit cendrier en porcelaine de Chine.

73 — Deux bols en porcelaine de Chine : l'un, à décor bleu, l'autre à fleurs.

74 — Aspersoir en porcelaine du Japon.

75 — Potiche en porcelaine de Chine avec son couvercle : décor de personnages.

76 — Vase forme rouleau, décoré en bleu, sur fond blanc : personnages.

77 — Grande gourde plate, en vieux craquelé de Chine.

78 — Vasque, décor polychrome de dragons dans les vagues.

79 — Poisson en blanc de Chine.

80 — Chimère en céladon vert de la Chine.

81 — Vase piriforme à col évasé, en vieux Chine, famille
rose : personnages.

82 — Vase à panse ovoïde et col évasé en vieux Chine,
famille verte : vases et attributs.

83 — Potiche ovoïde couverte en porcelaine du Japon : personnages séparés par des bandes décorées en bleu.

84 — Deux petits vases quadrilatéraux et leur socle en vieux
Chine, famille rose : sur l'un, des fleurs et attributs ; sur
l'autre, des personnages.

85 — Plat creux en vieux Chine, famille rose : coq et fleurs.

86 — Trois plats de dimensions différentes, en vieux Chine,
famille rose : fleurs avec lambrequin au marli.

87 — Plat creux, à bords festonnés en vieux Chine : au
fond, fleurs de pêchers et oiseaux : marli orné de réser-
ves contenant des oiseaux et se détachant sur un fond
jaune rehaussé de feuillages verts.

88-89 — Deux compotiers en vieux Chine, famille rose :
décor de fleurs différent sur chacun d'eux.

90 — Deux assiettes en vieux Chine, famille rose : fleurs au
fond, et marli vermiculé.

91 — Deux assiettes octogones en vieux Chine, famille rose :
scènes familières à huit personnages.

92 — Trois assiettes octogones en vieux Chine, famille
rose : coq et fleurs.

93 — Deux assiettes en vieux Chine, famille rose : coq et fleurs.

94 — Deux assiettes en ancienne porcelaine de la Compagnie des Indes : le Jugement de Pâris.

95 — Deux assiettes en vieux Chine : scènes familières à trois personnages.

96 — Deux assiettes en vieux Chine, famille rose : bateliers au fond, personnages au marli.

97 — Deux compotiers en vieux Chine, famille rose : oiseaux et fleurs ; bordure extérieure émaillée capucin.

98 — Deux assiettes en vieux Chine, famille verte : branches fleuries, oiseaux et papillons ; rehauts de dorure.

99 — Assiette en ancienne porcelaine de la Compagnie des Indes, famille rose : personnages en costumes européens.

100 — Deux compotiers en vieux Chine, famille rose, à décor varié : fleurs et corbeille fleurie.

101 — Petit plat en vieux Chine, famille rose : vase de fleurs et lambrequin à la chute.

102 — Quatre assiettes en porcelaine du Japon à décor varié : l'une en bleu, les autres en bleu, rouge et or à fleurs et armoiries.

103 — Trois assiettes octogones en vieux Chine, à décor varié : fleurs, oiseaux, femmes et enfants ; l'une d'elles à fond rose au marli.

104 — Assiette en vieux Chine, famille rose : personnage et char traîné par un cheval.

105 — Deux assiettes en vieux Chine, famille rose, à décor
varié : fleurs, vases, pinceaux et rouleaux.

OBJETS VARIÉS DE L'ORIENT

106 — Deux bouteilles en bronze du Japon, ornées de feuillages en relief.

107 — Deux bouteilles en bronze du Japon, ornées d'animaux fantastiques en relief et flanquées de deux anses
dragons.

108 — Deux petites boîtes en laque rouge de Péking, avec
feuillages verts.

109 — Plaque rectangulaire en pierre de lard brune : décor
gravé d'inscriptions et de dragons.

110 — Poignard persan à manche d'argent doré et lame en
damas avec inscriptions damasquinées ; fourreau garni
d'argent doré.

111 — Poignard persan à manche de fer ; fourreau en argent.

112 — Couteau de chasse à poignée d'argent. Travail vénitien
pour l'Orient.

113 — Poignard persan à poignée et fourreau de fer gravé.

114 — Deux sabres japonais.

115 — Porte-turban en bois sculpté à guirlandes de fleurs.
Travail turc.

116 — Trois fragments en bois sculpté.

117 — Miroir dans un cadre en bois sculpté et doré. Travail turc.

118 — Cinq pièces : deux bassins et trois buires couvertes en métal gravé à figures. Travail oriental.

119 — Carafe de narghilé en métal orné de fleurettes.

120 — Trois narghilés de diverses grandeurs, en incrustations de métal avec garnitures d'argent.

121 — Coffret rectangulaire en bois incrusté de burgau : cavaliers et fleurettes. Travail persan.

122 — Petite armoire en incrustations de bois de couleurs, nacre et écaille. Travail turc.

OBJETS VARIÉS EUROPÉENS

123 — Dossière en fer : Combat de cavaliers réservés en blanc sur fond noir. xvi° siècle.

124 — Horloge de table carrée en bronze gravé du xvii° siècle.

125 — Petit buste d'empereur romain en bronze gravé. Ancien travail italien.

126 — Figurine d'homme en costume Louis XIII, en bronze.

127 — Deux pièces : petite corbeille en argent ajouré et tasse en porcelaine dure.

128 — Assiette creuse en porcelaine de Saxe-Marcolini : fleurs et oiseaux.

129 — Deux assiettes en porcelaine de Saxe-Marcolini : marli ajouré et fleurs.

130 — Assiette en porcelaine de Vienne : Lycaon métamor-
phosé en loup.

131 — Assiette en vieux Tournai bleu et or à fleurs.

132 — Petit camée : tête de femme.

TAPIS

133 — Deux carpettes orientales : fleurs sur fond noir. —
4 m. 43 cent. sur 1 m. 3 cent. et 4 m. 65 cent. sur
1 m. 10 cent.

134 — Deux carpettes orientales à fond rouge. — 6 m.
30 cent. sur 1 mètre et 6 m. 50 cent. sur 1 m. 5 cent.

135 — Deux carpettes orientales à fond gros bleu. — 3 m.
15 cent. sur 85 cent. et 3 mètres sur 1 mètre.

136 — Tapis oriental à fond rouge. — 3 mètres sur 1 m.
80 cent.

137 — Petit tapis oriental à fond gros bleu. — 1 m. 43 cent.
sur 1 m. 10 cent.

138 — Deux housses de cheval orientales.

RED. :

16

MIRE ISO N° 1
NF Z 43-007
AFNOR
Cedex 7 - 92080 PARIS-LA-DÉFENSE

BIBLIOTHEQUE NATIONALE DE FRANCE

****

CHATEAU DE SABLE

1996